Eusebio Blasco

!Ultimo adiós!: cuadro dramático en un acto

Antigonos

Eusebio Blasco

!Ultimo adiós!: cuadro dramático en un acto

Reimpresión del original, primera publicación en 1880.

1ª edición 2024 | ISBN: 978-3-38690-695-1

Antigonos Verlag es un sello de la Outlook Verlagsgesellschaft mbH.

Verlag (Editorial): Outlook Verlag GmbH, Zeilweg 44, 60439 Frankfurt, Deutschland
Vertretungsberechtigt (Representante autorizado): E. Roepke, Zeilweg 44, 60439 Frankfurt, Deutschland
Druck (Imprenta): Libri Plureos GmbH, Friedensallee 273, 22763 Hamburg, Deutschland

EL TEATRO.
COLECCION DE OBRAS DRAMÁTICAS Y LÍRICAS.

ÚLTIMO ADIOS,

CUADRO DRAMÁTICO EN UN ACTO,

ESCRITO EXPRESAMENTE PARA EL PRIMER ACTOR

DON ANTONIO VICO,

POR

EUSEBIO BLASCO.

MADRID,
HIJOS DE A. GULLON, EDITORES.
OFICINAS: POZAS—2—2.º
1880.

¡ULTIMO ADIOS!

OBRAS DRAMÁTICAS DE EUSEBIO BLASCO.

La antigua española.
La mujer de Ulises. (4. ed.)
La tertulia de confianza.
El jóven Telémaco. (4.ª ed.)
Un jóven audaz. (4.ª ed.)
El amor constipado. (2.ª ed.)
El vecino de enfrente. (3.ª ed.)
La suegra del diablo.
Pablo y Virginia.
Los novios de Teruel...
Los caballeros de la tortuga.
El oro y el moro.
Los progresos del amor.
La señora del cuarto bajo.
El pañuelo blanco. (3.ª ed.)
No la hagas y no la temas. (2.ª edicion.)
La mosca blanca.
Los dulces de la boda.
La córte del rey Reuma.
La niñez engañosa.
La humanidad doliente.
El miedo guarda la viña.
La Rubia.

El baile de la Condesa.
Pascuala.
La procesion por dentro.
Parientes y trastos viejos.
Levantar muertos (1).
El anzuelo.
Jugar al escondite.
Hablemos claro.
Los niños y los locos...
La rosa amarilla.
De prisa y corriendo (2).
Juan García.
Pobre porfiado.
Las niñas del entresuelo.
El baston y el sombrero.
Soledad.
Ni tanto ni tan poco.
Buena, bonita y barata.
El primer galan.
Moros en la costa.
Todo por el arte.
¡Si yo tuviera dinero!
Dia completo.
¡Último adios!

LIBROS.

Obras festivas en prosa.—Cuentos alegres.—Madrid por dentro y por fuera (3).—Una señora comprometida (2.ª edicion.)—Esto, lo otro y lo de más allá.—Soledades. (Poesías.)—Flaquezas humanas, cuentos y relaciones.—Noches en vela poesías.

---

(1) En colaboracion con D. Miguel Ramos Carrion.—(2) Idem. (3) Obra en colaboracion con los principales escritores.

¡ÚLTIMO ADIOS!

CUADRO DRAMÁTICO EN UN ACTO,

ESCRITO EXPRESAMENTE PARA EL PRIMER ACTOR

DON ANTONIO VICO,

POR

EUSEBIO BLASCO.

Representado por primera vez en el Teatro Español á beneficio de dicho primer actor en 20 de Abril de 1880.

———————

MADRID.

IMPRENTA DE JOSÉ RODRIGUEZ.—CALVARIO, 18.

1880.

<table>
<tr><td>PERSONAJES.</td><td>ACTORES</td></tr>
<tr><td>—</td><td>—</td></tr>
<tr><td>LA HERMANA DE LA CARIDAD..</td><td>Sra. Mendoza Tenorio.</td></tr>
<tr><td>LA PORTERA....................</td><td>Sra. Revilla.</td></tr>
<tr><td>FERNANDO.....................</td><td>Sr. Vico.</td></tr>
<tr><td>EL DOCTOR....................</td><td>Sr. Alisedo.</td></tr>
</table>

ACTO ÚNICO.

Un elegante gabinete. En el centro cama con colgaduras de
seda encarnada. Á la derecha ventana, á través de cuyos
cristales se ve la farola de la calle. Puertas laterales. Un
velador sobre el cual habrá libros, papeles vasos, y fras-
cos con medicamentos. Al lado de este velador una butaca.
Junto á una de las puertas laterales un mueble ó papelera
con cajones. En un frente de pared una panoplia con ar-
mas. Pendiente del techo una bomba de cristal que da al
aposento una luz tibia.

Al levantarse el telon, Fernando está acostado de es-
paldas al público. La Hermana de la Caridad sentada
junto á la cama con la cabeza caida sobre el pecho y los
brazos cruzados. Se oye encima del cuarto un wals cuyos
acordes duran bastante rato. Así que el wals acaba, sue-
nan las tres en un reloj de campanario lejano. Ruido de
lluvia dentro durante toda la primera escena.

ESCENA PRIMERA.

FERNANDO, la HERMANA.

HERM.   Las tres. Hace que reposa
           hora y media. Duerme en calma,
           quiera Dios dar á su alma

dulce paz, calma dichosa.
Oh contínuas emociones
de un mundo siempre risueño,
no turbeis su ansiado sueño,
ni mis santas oraciones.
No despiertes ora en mí,
mundo loco con tus ruidos,
recuerdos desparecidos
de lo que en tu seno fuí.
Se mueve. Poco ha dormido.

FERN. ¡Pepa! ¡Pepa!

HERM.   ¿Quién será?

FERN. Ya se marchó. ¡Bueno va!
¡Ay qué condenado ruido!
¡Pepa!

HERM.   Hermano.

FERN.   ¡Voto á brios,
que debes de estar dormida!
Venga pronto esa bebida
que está amagando la tos.

HERM. ¡Ah! Voy.
(Va al velador, coge un vaso y va á llevarlo á
Fernando.)

FERN.   ¿Pepa? ¿Estás ahí?
¿traes eso? ¡Ya estoy tosiendo!

HERM. Tome, hermano.

FERN.   ¿Está lloviendo?

HERM. Á mares.

FERN.   Más vale así.
Puede ser que la humedad
me alivie.

HERM.   Que Dios lo haga.

FERN. ¡Ay! Esta garganta traga
con mucha dificultad.

HERM. Paciencia, hermano.

FERN.   ¡Qué acento...
¿Quién habla? ¿Quién está aquí?
¡Una mujer! ¿Quién así
se introduce en mi aposento?

HERM. La Portera me avisó,
mi mision es de enfermera...

FERN. ¡Ah condenada portera,

ya me lo temía yo!
Despues de tenerla un año
bien contenta y bien pagada,
ya el asistirme le enfada,
otro nuevo desengaño!
HERM.   Dios y mi deber sagrado
me mandan que á su dolor...
FERN.   Gracias; yo nó tengo humor
de ver monjas á mi lado.
Vuélvase á su sacristía
y déjeme en paz á mí,
que quiero morir aquí
solitario en mi agonía.
HERM.   Hermano...
FERN.   Hemos concluido.
Sólo un favor quiero.
HERM.   ¿Cuál?
FERN.   Que avise usté al principal
y diga que no hagan ruido.
HERM.   Hay baile.
FERN.   ¡Baile importuno!
¡Mas qué diablos! hacen bien;
cuando se divierten cien
no han de hacer nada por uno
Pero me mata ese son.
HERM.   ¿Sufre mucho?
FERN.   Horriblemente.
HERM.   ¿Tiene familia?
FERN.   Está ausente.
HERM.   ¿Qué le duele?
FERN.   El corazon.
HERM.   ¿Tiene esperanza?
FERN.   Ni fé.
HERM.   Piense en Dios!
FERN.   ¡Dios! Me da miedo.
HERM   Espere.
FERN.   Esperar nó puedo.
HERM.   Rece con fervor.
FERN.   No sé.
HERM.   ¡Jesús! no sabe rezar?
FERN.   Lo olvidé ya, con franqueza.
HERM.   ¡Ay! el que sufre y no reza

cómo se ha de consolar?
¡Tiene madre?

FERN.   No, ni padre.

HERM   ¿Y á rezar no le enseñó?

FERN.   Oh, sí.

HERM.   ¿Pues cómo olvidó
santos rezos de su madre?

FERN.   Sin el maternal cariño,
y aunque á la hermana le asombre,
olvida muy pronto el hombre
las oraciones del niño.
Hundióse mi alma en el lodo,
todo lo bueno se olvida.

HERM.   Es que la madre perdida
con ella se pierde todo.

FERN.   Hermana, váyase ya,
que á más de mi padecer,
me va usted á convencer
y doble dolor será;
porque si pienso en lo ingrato
del mundo en quien ya no espero,
ó de la rabia me muero
ó ántes que morir me mato.
. Ya el médico me ha advertido
que mi vida va á ser corta,
y aunque morir no me importa
y á ello estoy apercibido,
déjeme, que á morir voy
con este pesar profundo.

HERM.   ¡Está usted solo en el mundo!

FERN.   ¡Ay Hermana! ¡Solo estoy!

HERM.   Honda tristeza me da
y acompañarle quisiera,
pero si tal enfermera,
señor, á enojarle va,
yo me iré y déme el perdon
si mi presencia le irrita.

FERN.   Vaya por Dios, hermanita,
perdone mi sinrazon.
De mis mocedades locas
fué expresion mi torpe labio,
perdóneme el rudo agravio

que hice á sus sagradas tocas.
Siéntese, pues mis enojos
desvanece la dulzura
de esa celestial figura
que alumbra mis yertos ojos,
y vea yo satisfecho
su toca santa gloriosa
como blanca mariposa
que gira en torno á mi lecho.
Sea de hoy más mi enfermera
pues que de mí se conduele,
yo no tengo quien me vele,
yo no tengo quien me quiera!
Su tierna solicitud
me subyuga; estése ahí.

HERM. Quedóse traspuesto. Sí.
Señor, dadle la salud!

ESCENA II.

FERNANDO, la HERMANA, la PORTERA.

PORT. ¡Hermana!
HERM. ¿Quién?
PORT. ¿Me llamó?
HERM. Sí, y al verme...
PORT. ¿Que le dijo?
alguna fresca, de fijo.
HERM. Jurara que se enojó.
PORT. Siempre ha sido mal hablado:
su estado calamitoso
no me parece asombroso;
¡como que está endemoniado!
HERM. ¡Jesús!
PORT. Me ha dicho el Doctor
que no vive ni dos días;
yo para ver agonías
ni tengo tiempo ni humor;
por eso la busqué á usté
para que venga á asistir.
HERM. Tiempo há que debe sufrir.

Port.   Mucho tiempo.
Herm.   Bien se ve.
Port.   Este señor se ha matado
con su conducta perdida.
¡Ay, Hermana, ha hecho una vida
que nos ha escandalizado!
Dos años há que llegó
aquí, yo no sé de dónde,
su padre era un señor conde
que él á disgustos mató.
Porque al mirar tan perdido
al hijo, tan calavera,
sin porvenir, sin carrera
y todo el dia metido
entre el monte y la ruleta
y tan enfermizo y ético,
le dió un ataque apoplético
que se lo llevó Pateta.
Su madre en su desconsuelo
tristes cartas le escribía,
yo cuando el cuarto barría
las hallaba por el suelo.
«¡Hijo, por Dios, tus deberes!
«Hijo, por Dios. piensa en mí;»
y en torno del hijo, aquí
juego, música, mujeres!
Aquí ha habido unas funciones
y unas escenas... muy buenas!
Las mujeres á docenas,
las botellas á millones.
¡Qué beber y qué jugar
de la noche á la mañana!
he visto cosas, Hermana,
que no se pueden contar.
Su pobre madre murió
tal vez de sus amarguras,
y á cambio de sus diabluras
dos millones le dejó,
cuya mitad, enemigos
usureros le usurparon,
y lo demas lo gastaron
sus conocidos y amigos.

Se compró dos ó tres coches,
tomó un cocinero inglés,
daba aquí una fiesta al mes
y un baile todas las noches.
Tal amigo le pedía
cien duros y se los daba,
tal otro le reclamaba
cuatro mil que le debía.
Este venía á comer,
aquel venía á dormir,
casi todos á pedir
y á blasfemar y á beber.
Y en este eterno derroche
y escandalosa alegría
acostándose de dia
y jugando por la noche,
se fué poniendo amarillo
y no tuvo al año y medio
ni en su enfermedad remedio
ni dinero en el bolsillo.
Al principio de enfermar
le velaba algun amigo
que se quedaba conmigo...
y pedía de cenar.
Al mes, sólo le quedó,
como él muy triste decía,
por única compañía
un perro de aguas y yo.
¡Qué mundo! En el tiempo aquel
en que era rico y rumboso,
decían: «¡Qué generoso,
que no haría yo por él!»
Y en cuanto el pobre enfermó
y quedó en sombra sumido,
decían: «Si es un perdido,
qué culpa le tengo yo!»
Esta es, pues, señora mia,
la historia de la verdad.
Si ocurriese novedad
llame usté en la portería.
Herm.   Horrible historia mundana
que en mis oidos disuena,

tal vez es un alma buena!

PORT. No lo crea usted, Hermana.
¡Á mí me debe tres meses!

HERM. No tendrá...

PORT.   Al médico dos.

HERM. Tal vez cure.

PORT.   Ójala Dios.
Ó si no pobres ingleses.

HERM. Ahora descansa.

PORT. (Yendo á verle.) ¡Ay Señor!

HERM. ¿Qué?

PORT.   Como usted no lo sabe...
Ahora es cuando está más grave.

HERM. ¿Eh?

PORT.   No es descanso, es sopor.
Voy á avisar allá arriba;
en el baile está el Doctor
y él dice que lo peor
del caso es cuando se priva.
Al baile le ví subir
y me preguntó al pasar.

HERM. Vaya usted.

PORT.   Voy á avisar,
no se nos vaya á morir.

ESCENA III.

FERNANDO, la HERMANA.

FERN. Hermana.

HERM.   Aquí estoy, hermano.

FERN. Sufro mucho; en sorda angustia
parece que me atenaza
enemiga mano oculta.

HERM. Eleve al cielo los ojos.

FERN. ¡Ay de mí!

HERM.   ¿No pensó nunca
en confesar, dando al alma
descanso de tantas culpas?

FERN. Si el que confiesa descansa
yo al eco de su dulzura,

         voy, hermana, á confesarle
         á usted sola mis torturas.
HERM.   ¡Oh, no á mí!
FERN.   Confesíon íntima
         que aquí entre la sombra oscura
         va á hacer á un ángel del cielo
         mi alma triste y moribunda.
HERM.   Si así sus males alivia
         mi alma piadosa le escucha.
FERN.   Sin saber por qué al oirla
         parece que Dios me alumbra.
         Yo, hermana, tengo treinta años,
         edad que en el hombre augura
         la primer brisa de Octubre
         que el próximo otoño anuncia.
         Mi vida ha sido hasta ahora
         no sorda batalla ruda
         sino victoria constante
         de la eterna humana lucha.
         Pensé que el mundo era mio
         porque al surgir de la cuna
         dióme Dios al darme vida
         la juventud, la hermosura,
         y al verme rey de la tierra,
         perseguidor de aventuras,
         con la esperanza por guía,
         y la salud por ayuda,
         el corazou palpitante
         y la victoria segura,
         pájaro que en la mañana
         el espacio inmenso cruza
         y tiende las anchas alas
         ricas de brillantes plumas,
         mirando el valle florido,
         desde la eminente altura
         y respirando gozoso
         la atmósfera limpia y pura
         que el sol del naciente dia
         con rayos aúreos alumbra,
         libre y feliz, dije un dia
         rompiendo las densas brumas:
         ¡hombre soy, el mundo es mio,

canta mis glorias, fortuna!
(Pausa. En tono más tranquilo.)
Yo amaba entónces la vida
cual fuente en bienes fecunda,
y era el amor en mi alma
sed que no moría nunca.
Donde una mujer hermosa,
sol que la vista deslumbra
atraía las miradas
de la multitud confusa,
yo necesitaba siempre
libar su fresca hermosura,
cual de las flores del campo
que las mariposas buscan,
y así que liban sus cálices
vuelan tras nuevas dulzuras.
En su corriente el deseo
no encontró valla ninguna;
lo que el amor no lograba
lo compraba la fortuna,
y á la soberbia creciente
del vencimiento en la lucha
¡más, siempre más! incesante
decía la voz oculta
que en la pendiente del ansia
con ignota fuerza empuja.
Y ya que el corazon sediento
no era del mundo en las luchas
el ave que el vuelo tiende
del cielo á la inmensa altura.
Ya era el rio desbordado
que en la glacial noche oscura
con sordo rumor terrible
que fatídico retumba,
sus anchos cauces dilata
se extiende en inmensa anchura,
rompe los robustos muros,
los verdes campos inunda,
los castos hogares tala,
los fuertes árboles trunca,
el dormido hogar invade,
las altas torres derrumba, ..

y arrastrando en su corriente
las flores frescas y puras,
y los rígidos cadáveres,
y las inocentes cunas,
avanza, tala, destruye,
y va sembrando en su furia
desolacion, llanto y ruina,
muerte, agonía y angustias!

HERM.   ¡Oh: qué horror!

FERN.   ¿Pero qué importa
si en esta humana locura
no hay dique que al alma pare
cuando los placeres busca?
El oro sembrando en torno
con una cohorte inmunda
de impúdicas meretrices
y de torpes hermosuras,
mi vida ha sido aunque breve
loca bacanal nocturna
donde en incesante orgía
no se sació el alma impura.
Mas un dia... dia triste,
nuncio de mis desventuras,
mis ojos se detuvieron
ante la belleza suma
para quien eran ofensas
mis asechanzas impúdicas.
Era para mí tan nueva
la virtud austera y ruda
que aquella mujer, hermana
tornó el delirio en cordura,
y cuando acordada estuvo
mi dulce ansiada coyunda...
olvidándome traidora
consumó mis desventuras
y desde entónces, Hermana
tengo un mal que no se cura!

HERM.   ¡Le olvidó!

FERN.   Y busqué un amigo
á quien tantas amarguras
contar, y ya estaba solo,
ya mi hogar era una tumba ...

cual mi corazon vacía,
como mis desdichas muda.
Y entónces... vino á la mente
para doblar mi tortura
el recuerdo de otro amor
perdido en las densas brumas
de aquellos primeros años
comienzo de mis locuras.
Tal vez lo que Ines aleve
no supo ver en mí nunca,
lo hubiera apreciado Marta,
luz que de lejos me alumbra.

HERM. Historia triste parece.
FERN. Historia de mi amargura. (Pausa.)
Era una tarde de estío
de las que el céfiro arrulla,
cuando las hojas del bosque
lánguidamente murmuran.
Era un lugar apartado
entre dos montañas juntas
en las tristes soledades
de la veneranda Asturias.
Melancólico retiro
que amorosamente turban
las hojas con sus cadencias,
las aguas con sus canturias.
De la alegre cacería
perdida la incierta ruta
buscando en el fresco arroyo
consuelo á la sed que abruma,
holló mi planta cansada
la fresca yerba menuda,
donde las aguas quebrándose
reparten blancas espumas.
Allí, sentada en las flores
que esmaltan las verdes juncias,
contemplándo la corriente
con melancolía muda,
una mujer, una niña,
tímida violeta oscura
que tras el místico espliego
su aroma fragante oculta,

hiere de pronto mis ojos
con luz que al alma deslumbra,
y hace que mi sangre toda
al corazon rauda acuda.
Requiérela el falso labio,
pinta su amor la impostura,
huye la casta paloma,
tiende el gavilan sus uñas,
y venciendo á la inocencia
la atlética fuerza ruda,
sed rabiosa del que ciego
alivio á sus ansias busca,
hienden el aire mil ayés,
las fieras del monte ahullan,
las flores doblan sus tallos,
la tarde tórnase oscura...
Sí, hermana, llore conmigo,
no rece, que á Dios insulta!
Si Dios es justo, hay delitos
que no ha de perdonar nunca!! (Pausa.)
Seguí alegre mi camino,
volví á mis nuevas locuras,
¡Ay! y olvidé de mi víctima,
acento, rostro y figura.—
Sólo una carta que un dia
vino á aumentar mis torturas,
tras un año que la pobre
tal vez lo pasó en mi busca,
ecos me trajo de penas
amargas penas que aún duran;
y yo que de Inés aleve
lloro la sangrienta burla,
pienso en que tal vez aquella
que ultrajó mi mano impura,
era el ángel que pudiera
redimir mis grandes culpas,
y en mi soledad la llamo,
la veo en mi calentura
con mil copias de una imágen,
¡ay! que ninguna es la suya! .

HERM. ¡Ánimo! (Llorando.)
FERN. ¡No!

HERM.   ¡Dios perdona!
FERN.   ¡Oh Dios! mi vista se turba.
             ¡Aire!
HERM.   ¡Hermano!
FERN.   ¡Aire! ¡Me muero!
HERM.   ¡Socorro!
FERN.   ¡Terrible lucha!
          (Desde este momento hasta el final de la obra sue-
          na arriba el wals, pianísimo.)

ESCENA IV.

DICHOS, el DOCTOR, la PORTERA.

PORT.   Hermana, aquí está el Doctor.
HERM.   ¡Ah!
DOCTOR.   Buenas noches, hermana.
PORT.   Ya amanece. Á la mañana
         se pone siempre peor.
DOCTOR. ¡Ánimo! ¿Está usté vestido?
FERN.   Sí.
DOCTOR.   ¡Pues arriba!... cuidado.
         (Le ayuda á levantarse.)
         Respira mejor sentado,
         ya se lo tengo advertido.
         (Fernando, ayudado por el Doctor va á sentarse
          al sillon.)
         Así. Venga usted acá.
FERN.   La música me molesta.
         Música de alegre fiesta
         que atormentándome está!
DOCTOR. Ahí está la córte toda,
         estrenan casa y á más
         el dia...
FERN.   Un baile quizás...
DOCTOR. No señor, es una boda.
FERN.   ¿Boda? ¿Quién es tan feliz?
DOCTOR. Una niña muy bonita.
         Inés.
FERN.   ¿Inés?
DOCTOR.   Inesita...

la chica de la de Ruiz!

FERN. ¡Ella!

HERM. (Doctor; tenga en cuenta
que fué su amor.)

DOCTOR. No sabía...

FERN. ¿Con quién casa?

DOCTOR. Con García,
que tiene un millon de renta.

FERN. ¡Un millon! Es ella, sí.

DOCTOR. Hombre es que ha pasado apuros.

FERN. ¡Lo ménos treinta mil duros
me los ha ganado á mí!

DOCTOR. Ah, jugador calavera!

FERN. ¡Casada!

DOCTOR. Ea, no excitarse.
Sobre todo no enfadarse
y sea lo que Dios quiera.
Siga tomando eso...

FERN. Ya.

DOCTOR. Yo me voy, ya volveré.

HERM. (Ap. al Doctor.)
(¿Cuánto vivirá?)

DOCTOR. (No sé,
hablando se quedará.
Imposible es que yo haga
milagros. No tiene vida.
Y luégo... que no se cuida!
ni me obedece... ni paga!)
Por la mañana vendré.
Ánimo, vuelvo á la fiesta:
si se encuentra mal, se acuesta.
Hasta luégo: alumbre usté. (Á la Portera.)

ESCENA ÚLTIMA.

FERNANDO, la HERMANA.

FERN. ¡¡Hermana... quiero morir!!

HERM. ¡Hermano, el amor no existe!

FERN. ¡Oh, Dios! ¡qué muerte tan triste!

HERM. ¡Oh, no, más triste es vivir!

Fern.   En aquel mueble escondido
guardo la carta adorada
de la mujer ignorada
que para siempre he perdido.
Marta se debe llamar
segun allí está firmado,
sus señas... se me han borrado ·
y no se las puedo dar.
Si alguna vez en la vida
y así el cielo lo disponga,
pasa usted por Covadonga
y halla á la perla escondida,
dígala que un corazon
á quien no ayudó la suerte
á las puertas de la muerte
imploraba su perdon.
Y al recordarle su historia
vuelva esa carta á su mano.

Herm.   ¡Oh, no, que esa carta, hermano,
yo me la sé de memoria!!

Fern.   ¡Usted!

Herm.   En aciago dia
la infeliz mujer que invocas
hundió en estas blancas tocas
las obras de tu falsía!

Fern.   ¡Tú!

Herm.   Yo, que en negra fortuna
aún lloro de espanto llena,
mis padres muertos de pena,
mi hija en ignorada cuna!

(Arrastrándose por el suelo va hacia ella.)

Fern.   ¡Ven á mí, vision hermosa!
Herm.   ¡No! Yo no puedo amar ya!
Fern.   Mi tumba tu altar será.
Herm.   ¡Solo de Dios soy la esposa!
Fern.   ¡Pídele que un punto aguarde!
oh muerte negra y horrible!
Esposa mia...

Herm.   ¡Imposible!
Fern.   ¡Tú, mi solo amor!
Herm.   ¡Ya es tarde!
Fern.   ¡La redencion de los dos!

HERM.   ¡No! que tu amor es mundano!
FERN.   Tu mano... ¡Un beso en tu mano!
           ¡Adios! Para siempre adios!! (Muere.)
HERM.   ¡Alce, hermano! En su bondad
           Dios no es nunca la venganza.
           ¡Yo aquí no soy la esperanza,
           yo aquí soy la caridad!
           (Comienza á sonar el wals arriba más fuerte.)
           ¡Muerto!! ¡Fernando!
           (Yendo á abrazarle. Transicion.)
                         Oh! no, no!
           ¡Qué mundáno desvarío!
           (Extendiendo los brazos al cielo.)
           ¡¡Perdónale tú, Dios mio,
           como le perdono yo!!
           (Cae el telon mientras suena el wals)

FIN DEL CUADRO.

TÍTULOS.	Actos.	AUTORES.	Prop. que corresponde

COMEDIAS.

TÍTULOS.	Actos.	AUTORES.	Prop. que corresponde
reservado de Señoras	1	D. José de Fuentes	Todo.
vision de Fray Martin	1	G. Nuñez de Arce	»
lir de Málaga	1	José de Fuentes	Mitad.
guros contra incendios	1	Gaspar Marqués	»
n buen apunte	1	Eduardo Malvar	Todo.
ltimo adios	1	Eusebio Blasco	»
ribunales de venganza	2	R. de A. de Laiglesia	»
dministracion pública	3	Enrique Gaspar	»
ngel	3	F. Javier Santero	»
rrera de obstáculos	3	Ceferino Palencia	»
ios! ¡Justicia! y ¡Germanía!	3	Eduardo Sojo	»
fuerza de un niño	3	Miguel Echegaray	»

ZARZUELAS.

TÍTULOS.	Actos.	AUTORES.	Prop. que corresponde
anteuse par amour	1	Sres. Paul y Cenrión	M.
gran artista	1	Cuartero y Ferrer	L.
eloise et Abelard	1	D. H. Litolff	M.
mejor venganza	1	Sres. Ruesga, Prieto, y Espino	L. y ½ M.
chamor du primtems	1	D. Robert Planquette	M.
jeunesse de Beranger	1	Robert Planquette	M.
saint Nicolás!	1	D. Robert Planquette	M.
chevalier Gaston	1	Sres. Veron y Planquette	L. y M.
s Rendez vous galants	1	D. Robert Planquette	M.
emnon	1	C. Grisart	M.
ille d'avoine	1	Robert Planquette	M.
amour et son carquois	2	Ch. Lecocq	M.
orinda	3	J. J. Jimenez Delgado	L.
Boite de Pandore	3	H. Litolff	M.
s noces de Fernande	3	Louis Deffes	M.
s voltigeurs de la 32me	3	Sres. Gondinet, Duval y Planquette	L. y M.
niche	3	Marius Bouliard	M.
fiancée du roi de Garbe	4	H. Litolff	M.

Por convenio hecho en París el 22 de Setiembre de 1879 con el Agente
eneral de la *Sociedad de Autores, Compositores y Editores de Música* fran-
eses, somos los únicos representantes en España, Portugal y sus colonias,
e la citada Sociedad.

PUNTOS DE VENTA.

MADRID.

En las librerías de los *Sres. Viuda é Hijos de Cuesta*, calle de Carretas, núm. 9; de *D. Fernando Fé*, Carrera de San Jerónimo, núm. 2; de *D. M. Murillo*, calle de Alcalá, núm. 7, y de *D. Manuel Rosado*, Puerta del Sol, núm. 9.

PROVINCIAS Y ULTRAMAR.

En casa de los Corresponsales de esta Galería.

PORTUGAL.

Agencia de *D. Miguel Mora*, Rua do Arsenal, número 94.—Lisboa.

FRANCIA.

Mr. Louis Bathlot, editor de Música, Rue de l'Echiquier, 39, Paris.

Librería de *Mr. E. Denné*.—15, Rue Monsigny, Paris.

ALEMANIA.

Dr. Eduard Engel, Rédacteur du «*Magazin für die Literatur des Auslandes*,»—35, König Augusta Strasse,—Berlin W.

Pueden tambien hacerse los pedidos de ejemplares directamente á los **EDITORES**, acompañando su importe en sellos de franqueo ó libranzas, sin cuyo requisito no serán servidos.